우리는 저마다의 기타줄

지혜사랑 299

우리는 저마다의 기타줄

이순화 시집

지혜

시인의 말

하루의 낮이 앞마당이라면 하루의 밤은 뒷마당이라 이름
짓겠다
　뉵뉵한 뒷마당이 궁금했다
　산수 좋아 절에 드는 날에는 번듯한 대웅전을 두고 먼저
뒷마당부터 돌아가살폈다

　그게 내 일과가 되었다

　　　　　　　　　　　　2024년 늦가을
　　　　　　　　　　　　　　뒷마당에서
　　　　　　　　　　　　　　이순화

차례

1부

2부

3부

4부

1부

여름 마당

- 엄마는 물구멍이라 했다

길다란 호스를 빠져나온 물줄기가 뱀 구멍 따라갔다

윤기 자르르 흐르는 호스가
사루비아 붉은 마당에 누워
오른쪽으로 왼쪽으로 불룩한 배를 뒤틀고

담 밑에 물컹 쏟아낸
희멀겋고 미끌미끌한

저 놈의 장닭
구-구-구

마당을 구르는 천둥소리
물어라 물어뜯어라

구멍 파고 꼬리 감추는 것이
제 아비를 닮았구나

백랍처럼 사근거리고 맹독처럼 재바른 것이
제 어미 닮았구나

\>
어디까지 갔을까

옷을 여기다 벗어두고

– 늙은 여자

연신 허리 구부리며 할머니는 두 번째 남자 꾀 내듯
휘파람 쉬쉬 불었고
할머니 동그랗게 오므린 입 구멍이 뱀 구멍처럼 깊고 캄
캄해서
엄마는 공손하게 입 막고 웃었다

아서라
비켜라

할머니 동그란 입 구멍에서 나온 서늘한 휘파람 소리가
찬 우물 옆을 지나 뒤뜰로
꼬리 감추고 뒷마당이 쉬쉬 휘파람 불었다

대낮이었다 한밤중에 휘파람 불면 뱀이 몰려든다며
할머니는 나를 돌아봤다 눈구멍이
회반죽 욱여넣은 것처럼 냉엄했다

>
여름 마당에 밤이 찾아올까

미끌, 빠져나간 그것을 어떻게 가뒀을까
차고 축축한 것을
맹독처럼 재바르고
명주실처럼 질긴 것을

할머니 통치마가 지붕이라도 덮을 듯 부풀어 올라
소리쟁이 풀덤불에 걸려 펄럭였다

어디까지 갔을까

옷을 여기다 벗어걸고

─ 휘파람 소리

여름 마당 우물은 차오르고
호스에서 물컹,
빠져나온 그것이 구멍 파고 뒷마당으로
미끄러져내렸다는 것을

왜 몰랐을까

>
아버지는 불길하다며 도끼 들고 백일홍 꽃그늘
찍어내렸고 꽃그늘 없는 뒷마당은
비명처럼 넓어져

영국 장미를 두고 순수를 노래하며 독일 장미를 심었다
엄마는 매일같이 가시를 낳았고 가시는
무럭무럭 자랐다 아름다운 가시
엄마는 가시를 끌어안고 손톱 깊이
밀어 넣었다 마침내

뒷마당은 영원한 밤으로 우거졌고
축축하게 젖은 가시덩굴 속에서 나는
휘파람 쉬쉬 불었다

소리쟁이 풀꽃

바람도 없는데 꽃무늬 커튼 흔들리고
찬장 삐걱이고 바람도 없는데
크리스털 화병 바스락대고 전등갓 흔들리고
바람도 없는데 바람이 이불 속으로

나는 파래져서는 퍼레져서는

축축한 뒤뜰 뱀 구멍 건드리는 게 아니었어
못 볼 걸 본 거지
당신 휘파람 불며 푸른 장화를 신고
소리쟁이 풀을 한 아름씩 베어내고
악머구리 끓듯 퍼런 냄새가 뒤뜰을 뒤덮었지

뒤뜰은 터질 듯 터질 듯 배가 불거져서

못 볼 걸 본 거야

누가 자꾸 내 발목 칭칭 감는 거야

　바람도 없는데 시퍼런 바람이 바람은 갓 태어났을 때는
연둣빛이랬어 반짝반짝 빛나는, 어른 돼 퍼렇게 독 오른 거
라고 당신 푸른 장화 시퍼렇게 풀독 오른 것처럼 그렇다고

파충류라고는 생각하지 않아

　바람이 파충류라니

　뒤뜰을 돌아 나오는 바람 소리
　우물 옆에서 처마 밑에서 창살에
　어리는 저 서늘한 소리

　쉬

　그때 당신 휘파람 불며 어두운
　플랫폼에서 깃발처럼 나부꼈어
　나는 말뚝처럼 박혀 눈구멍
　물이 흐르고 귓구멍에서
　쉬쉬
　덤불풀이 휘파람을 부는 거야
　내 아름다운 꽃밭에 소리쟁이 풀꽃

　아무도 없는데 서늘한 바람이
　내 가느다란 종아리로 살찐
　허벅지로 허리로 늑골을 타고 뇌수로

>
옷장 밑에서 싱크대 안에서 전등갓 뒤에서
내 일기장, 오래 된 내 일기장
속에서 쉬쉬
당신?

나는 시퍼렇게
시퍼렇게 물들어
쉬

뒷마당

– 골담초 꽃

골담초 꽃이 노랗게 뒤뜰로 가는 길을 내고 있었어
밤이면 창백한 달이 서늘한 달이
쉬쉬

휘파람 소리 내며 눅눅한 뒤뜰로 내달렸고
캄캄한 우물 속으로 미끄러져내렸어

엄마는 우물가 노랗게 익은 골담초 꽃을
한 움큼씩 따먹었지

달빛 차오르고
달빛은 차오르고

쪽박에는 노란 달
쪽박에는 노란 달

하루하루 배는 부풀어 올랐고 헛구역질
왈칵 쏟아놓은
꽃숭어리

>
– 비비새

가시덤불 비비새가 울었어
뜨끈한 바람이 불온한 바람이
발목을 칭칭 감았고

우물 속에는 달이
노란 달이 동동

쪽박에는 노란 달
쪽박에는 노란 달

키 큰 오동나무가 그 광경을 다 내려다보고 있었어

골담초가 노랗게 익어가는 잎새달
엄마는 드디어 문을 닫아걸었고

영혼의 뒷마당으로 들어서는 문을 알아낸 거야
사월이 노랗게 익어가는
내 늑골 속 비비새는
비비 비비 울고

산당화

저 놈 잡아라

저것을 쫓아라

길다란 몸통

휘몰아치는 긴 꼬리

저 놈의 꼬리를 잘라라

쭐뚝 미끄러져내리는 달빛

열아홉 꽃무늬 커튼을 적셔놓고

생울타리 가시에 걸려 피 흘리고 마는

비명처럼 꽃피워

독사를 낳았구나

산당화 붉게 물든

>
불면의 밤
불안의 밤
불온의 밤이 굽이굽이

월담하는 너는
불경한 달빛을 닮았구나

한통속이었느냐
독사 새끼

덩굴 숲

거기서 뭐하세요
덩굴 숲에 들어 그렇게

쪼그리고 앉아
퍼렇게 물든 손으로

또 알겠니, 새벽이 오면 내 몸에
물 흐르는 소리 들릴지

가시덩굴 칭칭 감고 그렇게
꽃피우기 원하세요?

애야 발바닥이 가렵구나
젖가슴이 저릿저릿 하는구나
들리지 않니?
물길 드는 소리

꽃망울 벙글어
피톨 미쳐날뛰는 소리

새벽이 오면
내 몸에 퍼런 물 흐르겠지

덩굴 숲 우거지겠지

울컥, 헛구역질
시퍼런 달빛 쏟아내겠지

흰 뱀 이야기

달빛이 새고 있다 졸졸 달빛이 새고 있다 줄줄 커튼 새로
홀쭉한 배를 안고 서산 넘는 달

엄마 달거리한 지 얼마나 됐지? 돌아보는 엄마의 얼굴이
동굴처럼 어두워 나는 청파를 썰며 울었다 엄마의 뽀얀 다
리가 쌀뚝쌀뚝

두 눈 꼭 감고 청파를 써는 손이 미끄러져내려 발등이 퍼
렇게 물들었다 엄마의 가느다란 다리가 어둠 속에서 빛났
다 저 다리 타고 올라가면 달 볼 수 있을까

어둠 속에서 달거리하는 달이 궁금해 매운 청파를 썰며
울었다 아린 눈 두 손으로 꾹 누르고 있는데도 달빛이 자꾸
새 나왔다

청파를 써는 퍼런 손, 붉게 물들어가고 있는 나
달빛은 줄줄 새고

우리는 새벽을 기다리며 귀뚜라미처럼 울었다 가늘고 길게
엄마의 손이 흰 뱀처럼 기어 나와 내 눈 핥아주었다

저 놈, 햇살이

햇살이 졸고 있는 여자
목덜미 쪼고 있네

칸나 붉은 꽃잎 속으로
소용돌이치는 유월

저 놈의 장닭

마당을 구르는 뇌성
구—구
지렁이 목덜미 물고 늘어지는

저 독종

흔들어라
한 번에 끊어놓아라

저 놈의 짐승

절절 끓고 있는

기어이 폭발하고 마는 여름 꽃밭

\>
불을 먹었느냐
먹였느냐

꽃밭을 나온 여자

여자가 땡볕 쪼아대는 마루 끝에 나앉아 꼬박꼬박
졸고 있네 쇠잔한 꽃모가지
떨어질 듯 떨어질 듯

그 둘레가 아득하네

여자들

창밖 뽕나무 연푸른 잎이
방안 여자를 들여다보고 있네

왼쪽으로 갸웃 오른쪽으로 갸웃

어제보다 아침나절보다 더 푸른 물든
뽕나무 뽕잎이 방안 여자를

조촘조촘

어슴푸레 빛이 지나가고 있는 이마와
푸르스름한 볼과 가파른 눈언저리를

갸웃갸웃

여자가 펄떡 눈떠
시퍼런 창밖을 보고 있네

누가 왔다갔나

그렇다고 그 경계를 아주 넘지는 않고

물오름달

굽이굽이 아흔아홉 밤과

굽이굽이 아흔아홉 구릉과

굽이굽이 파랑을 지나

봄날이 가고 있다

언덕 넘어 들판 지나 먼 산머리 철썩철썩

날이 가고 있다

복사 꽃가지 굽이굽이 달빛도

뜰 안 굽이굽이 해 그림자도

산기슭 굽이굽이 뻐꾸기 울음소리도 지우고

한 채의 꽃상여가 북으로 북으로

안개 짙은 은하 강 건너

>
굽이치는 영혼의 기슭을 지나 오롯한

한 사람이 가고 있다

귀 멀고 눈멀어

흘러 흘러가는 꽃상여

한갓 바람 같은

    - 괜찮다 괜찮다
      아이야 울지 마라,
      이 일은 너와는 무관한 일이란다

상리 황간댁 꽃상여는 지나갔느냐
뻐꾹새가 와서 우느냐

구순 노모가 어째 그 귀는 그리 밝아서

문간에 기대선
노모의 눈동자 속에는
오래전 불던 바람이 지나가고
뻐꾹뻐꾹 뻐꾹새 소리가 지나가고
삐삐 우는 파란 대문이 지나가고
저녁 푸른 연기가 지나가고
푸른 치마 연분홍 저고리가 지나가고

논둑길 따라 하얀
황새 내려앉은 논둑 따라
가마꾼이 멘 꽃가마가 건너오고 있다
꽃상여 요령 소리가 건너가고 있다

물결치며

물결치며
지나가고 지나오는

조금은 초롱한 내 눈 속에는 그게
또 다 지나가고 지나오는

꽃그늘 드리운 묏등에 모시나비

불붙는 저녁노을 붉은 휘장 걷어내려 날아갈 듯 수의나
한 벌 지어볼까

붉은 실은 뽑아 백일홍 수놓고
노랑실은 풀어 노랑나비 수놓아

봄 오면 봄이 오면 무덤 옆에
분홍 꽃그늘 내려
춤사위 펼쳐 놀다

적막강산 당신 생각나면
저녁노을 붉은 비단 두어 필 풀어 놀다

날아갈 듯
날아갈 듯 수의나 한 벌 지어볼까

인동초

    꽃밭머리 산 그림자 내리고 노랑나비 한 마리 개망초 밭을 나와 펄럭펄럭 스러지는 노을빛 속으로 가마득히 날아가고 있다

    나비야 청산 가자* 라일락 꽃송이도 앉지 말고
    장다리 꽃밭도 들지 말고 곰소 소금밭
    소금기까지 잊어라 잊어라 안할 테니
    나비야 청산 가자
    고운 옷 갈아입고
    훨훨 청산 가자

* 조선시대 시조집 『청구영언』에 실린 지은이 미상

아득한, 거기

또 다른 행성 반디처럼 작은 창문
불 켜진 거기
잘 지내고 있는 거지?

늦은 저녁 집으로 가는 길, 성당 종소리 추억처럼 아득하
고 당신 소식처럼 또 다른 행성에 비는 내리고 오래된 안부
처럼 비 내리고

거기 잘 있는 거지?

성부와 성자와 성호를 긋는 비, 엄마 제발 좀 그만 하세요
성신의 이름으로 바른 어깨 내어주는 엄마, 더 이상 날아오
를 절망은 없다며 불쑥

아멘을 내뱉던, 거기 잘 있는 거지?

또 다른 행성에 비는 내리고 추억처럼 성당 종소리 아득
하고

목이

산뽕나무가 곰작곰작 귀를 세우고 있다
나무에게도 듣는 귀는 있어
한나절 나뭇가지 어린 새가 북쪽으로 날아가는지
동쪽으로 나는지
나무의 귀는 궁금한 것도 많아
저렇게 많은 귀를 달고도
주섬주섬 옆구리 귀를 꺼내
거듬거듬 허벅지 귀를 내밀어 그늘이 서쪽으로 몸을 두
는지
남쪽으로 두는지
뼈마디 앙상한 구름을 두고 가랑비가 무슨 말을 속살거리
며 지나가는지
천둥이 누구를 책망하고 누구를 보살피는지

나는 오늘 귀 어두운 노모 옆에 두고
하루해 다가도록 나무의 밝은 귀를 보는 것인데
차라리 귀 어두운 어미야
섭섭지는 말고
문 닫고 눈 닫고 돌아누워
멍텅구리 두 귀는 천개를 내려덮어라

저건, 필시

큰비 지나가고 꽃밭에 구멍 났다 삥,

장정 미끈한 팔뚝만한 구멍
저건 필시

구렁이 지나간 자리
구불텅 구불텅
파고 들어가면 무서운 놈 들어앉았을 것이다

샐비어 비명처럼 피고
비 오는 밤이면 어디선가 구렁이 우는소리 들리고
억수같이 비 오는 저녁
당집을 나온 스물둘 당고모가 그랬듯
여자는 맨발로 꽃밭을 서성거렸을 것이다

피 흘리는 꽃모가지

영물이니라

물러서거라

2부

서쪽 바다

산집 파도 소리는 참으로 질기기도 해서 산꿩이 운다
노루재 참꽃만 한 봄을 움켜쥐고 밀려왔다 밀려갔다

봄이 오는지 봄이 가는지

생울타리 바람은 꽃무늬 커튼을 열었다 닫았다

방안은 희부연하고
벽에 걸린 네모난 마호가니 거울 속
뻐꾹 시계는 졸고

처얼썩 처얼썩

선반 위 나무상자 카세트에서 파도가 치고 있다
꾸역꾸역 밀려나오는 파도 소리에
여자가 손바닥으로 무덤무덤 파도를 쓸어내고 있다

눈먼 여자의 두 무릎이 젖고 두 손이 젖고
누빔 치맛단이 젖어 젖었다고

철썩철썩 산꿩이 울고 있다

아무것이나 아무것도 아닌

심연의 바다 수초 냄새가 잠 속으로 파고든다

기이한 시절 곰팡꽃 피어
얼룩진 옛집 주저앉은 들보 아래 개똥풀
뭉그러진 풀 내 같은
그리워 그리워 떠나간 애인
묵은 살 내 같은
씹다가 씹다가 여관방 벽에 붙여놓은
질긴 후레쉬껌 같은

고속도로 달려 바다에나 나가볼까
큰길 빗소리 따라갈까 빗소리는
갯내를 뿌리며 울 밖 죽순처럼 자라나고

나는 눈과 귀를 벗어두고 물결
물결치며 청대 숲에 갇히네

내게는 눈이 없으니 속눈썹을 떼어내고
가슴이 없으니 붉은 심장 도려내고 철썩철썩

나는 망망대해 수프 속에 둥둥 떠다니는 무기체
눈도 귀도 없는 현미경 속 정자 난자도

아닌 아무것이나
아무것도 아닌 나는
백이십억 년 동안의 고독에 잠기네

여전히, 수프는 끓어넘치고

외딴집 파도 소리에 가스레인지 수프는
끓어넘치고 목덜미 화상 자국은
덧나 아프고 나는 바다를 떠도는
수프 속에 결점
나는 죽음으로 살아있어
청태라도 돋는지 등골이 가렵고
눈이 없으므로 볼 수 있어
처얼썩 처얼썩
적막 속에 가도가도 어둠뿐
나는 귀가 없으므로 들을 수 있으니
재골재골 수프 끓는 소리에
열 손가락 열 발가락 마디마디가 가렵고
겨드랑이 늑골이 가려워 물결치고 물결치는
나는 성간 구름으로 떠돌다
처마를 적시는 찬비
나는 은하의 시간을 건너온 바람
나는 포석 위 부서지는 햇살
흩어져날리는 너의 한쪽
너의 한 조각
우리는 어디에나 있고 어디에도 없는
우리는 죽어있으므로 살아서
가스렌지 수프는 끓어넘치고
목덜미 화상 자국은 불에 덴 것처럼 아프고

붉은 달

지금은 망자들이 깨어나는 시간

봉화산 넘어 고포 월천 노곡 지나
덜컹거리는 삼척로
해명 우는 바다의 캄캄한 목구멍 속을 나는 걷고 있네

태백 영동 울진 고대의 뭇별들
울어대는 바다의 목구멍 속에서
소용돌이치고 소용돌이치는

문막항 지나 철암항 지나 망산
지금은 망자들이 깨어나는 시간
밤 열두 시와 새벽 한 시 사이

몰아치는 몰아붙이는 시간을
火印처럼 목구멍에 새겨
해명 우는 바다

중세의 목구멍 속을 나는 걷고 있네

지금은 붉은 달이 떠
망자들이 깨어나는 시간 나는

\>

망길항 여관방 까무룩한 전등불 아래

불길한 해명을 베고 누워

백이십억 년의 고독

천 개의 태양이* 뜬 밤
남자들은 뿔뿔이 흩어져 소식 없고
소등 시간이야
그만 불 꺼줘

꽃들은 하루가 멀게 하혈하고
돼지꼬리 달린 아가를 낳고**
무뇌증 아가를 낳고 근본도 모르는 아가 낳고

밤은 알록달록 알전구 품듯 천 개의 태양을 품고
태양은 밤의 붉은 심장 끝에 매달려

누가 저기 밤의 서늘한 심장에 불덩일 매달아놓았나

마을 아가들이 수채에 흐르고 하수에 흐르고
어두운 바다 끓고 있는 수프 속에는 무뇌증 아가들이 동동
이제 우리 고아야 둥둥
우리 이제 자유야 철썩철썩

나를 버려줘 참혹하게
통쾌하게 손 놔줘

* 할레드 호세이니 소설『천 개의 찬란한 태양』

** 가브리엘 가르시아 마르케스 소설『백 년 동안의 고독』

생울타리

내가 키운 생울타리 꽃들이 손을 내밀고 있다
안 돼, 나는 너희들과는 달라
꽃들이 몸 활짝 열어 보여주고 있다 깊은 수렁을

안 돼, 나는 너희들과는 달라

생울타리 꽃들이 손을 내밀고 있다
손이 열 개 백 개 천 개
바글바글 끓는 늪가 악머구리 떼 같다
꽃들이 냄새를 피워내고 있다

안 돼, 나는 달라

꽃들이 만발한 늪 시큼한 생초 냄새가 실타래처럼 풀려나
내 혓바닥을 칭칭

거봐, 그렇게 될 거면서

나는 악머구리 들끓는 늪 쪽으로
아름다운 수렁 쪽으로
내가 사라졌다 개흙이 나를 삼키고 입 꾹 다물었다

>

우울한 늪가 붉은 실 한 가닥이 가시덤불에 걸려 나부끼
고 있다

천창이 흔들리고 내 안에서 풀려나온 생울타리 꽃 냄새가
나를 흔들어 깨운다

새벽 두 시다

뇌수에서 악머구리 떼 소리가 들끓는다

새벽 세 시다

여전히, 도깨비불은 춤추고

야산 염소는 내려와
작은 걸쇠가 있는 우리로

저수지 나와 놀던 산 그림자는
산의 깊은 품속으로 재잘거리던 새소리는
아늑한 초망으로

놀이터 아이들은 창문이 있는 집으로

멀리 나가 서성거리던 마음도
꽃그늘 아래 일렁이던 눈빛도
꽃 그림자도 청천 하늘도
둘둘 말아 거둬가고
언저리 뻘쭘히 서 있던
나마저 들어가고 없는

밖에
밤만 혼자

갈 데는 있느냐,
묻는 이 없이

\>

염소도 산 그림자도 새소리도 놀이터 아이들도 청천 하늘
도 나마저 들어가고 없는

아무도 없는
어두운 밖에

밤만 혼자
캄캄한 밤만

갈 데가 있느냐,
묻는 이도 없이

검은 새가 그 광경을 내려다보고 있었다

의도치 않은 일이었어요 골짜기 바람은 나를 종용하려 들
고 캄캄한 밤의 목구멍 속으로 야호! 미끄러져내렸죠 린넨
치마 하얀 레이스가 덩굴 숲 가시에 걸려 깃발처럼 펄럭였
어요

어디로 가나 푹푹 빠져드는 어둠
동쪽 끝 밤의 말뚝에 달을 매어놓고
가시를 키우기에는 더할 수 없이 좋은 날씨였죠
가시를 키우는 일은 불경하고 황홀한 일

차가운 심장에 알전구를 켜요
하늘에 전등 하나 내달듯

차가운 심장에 소켓을 돌려요 오른쪽으로 왼쪽으로
어둠으로 이어진 이런 벼랑 같은 밤이 좋아요

골짜기 바람은 자꾸만 나를 종용하려 들고
나는 붉은 가시를 깊이
더 깊이 밀어 넣어요
불결하게 순결하게 더없이 황홀하게

허벅지 겨드랑이 목구멍서 간질간질

가시가 돋고 차가운 심장에 알전구를 켜요
하늘에 노란 전등 하나 내달듯
이 황홀함 괴이하고 쓸쓸한
당신 잇속처럼 붉은 알전구를 켜요

가도가도 밤으로 이어진
냉랭한 밤의 목구멍 속으로 야호!
미끄러져내려요 밤의 등뼈 속으로 들어가 붉은 가시를 키
워요
하늘에 알전구 하나 내달듯

정맥 속에는 검은 물이 굽이쳐흐르고
뇌수는 검은 물로 출렁거리고
검은 달 아래 헛구역질

새벽이 오면 예쁜 가시를 낳을 거예요
순결하게 황홀하게 서럽고 통쾌하게

검은 새가 이 광경을 다 내려다보고 있었죠 괜찮아요
의도치 않은 일이었다니까요

아버지 망막한 천망天網 속에서 날 꺼내주오

먹구름은 먼 산 정수리 휘감아내리고 우렛소리는 일곱 살 내 뒤를 쫓아 열 스물 마흔 골짝으로 회초리 들고

무릎 아래 풀벌레 소리는 졸졸 하염없는

아버지 광막한 天網 속에서 날 꺼내주오

오늘은 뒤뜰로 돌아가 쑥부쟁이 묵은 꽃대를 자르고 오동나무 썩은 밑동 베어내고 장독대 호박덩굴 둘둘 말아 거두겠습니다

이제 길고 긴 어둠을 기다리나니 아버지 지붕 위 붉은 수탉은 쫓아주시고 옴짝달싹할 수 없는 이 광망한 시간 속에서 날 꺼내주오

긴 머리칼 하얀 손 차디찬 내 심장을 이 끝없는 천망 속에서 꺼내주오

그늘

집 앞 큰키나무가 제 축축한 그림자를 핥고 있다

어미소가 혀를 내 핏덩이 핥듯
새순 같은 새끼를 핥고 있다

해는 이글거리는 해는
정수리 위서 빙빙 돌고

날개 하르르 펼쳐든 암탉이 죽지 속으로
서리병아리 품듯

나무가 새끼를 조촘조촘
당겨품고 있다

나도 저 밑으로 아닌 듯 아닌 듯
기어들어 한 사나흘 살아봤으면

숨바꼭질

숨바꼭질하다 눅눅한 고방에 숨어들어 잠들었다
시간은 흐르고 흘러
달이 서쪽으로 서쪽으로

별자리가 바뀌고
계절이 흐르고

손마디가 굵어지고

얼마나 흘렀을까

아무도 없다

언니도 오빠도 어린 동생도 친구들도 지붕 위 수탉도
강 건너 별똥별 쫓아갔을까
달빛 가득 찬 오동꽃 속에 숨었을까

토담은 허물어져 어둠에 묻히고
동쪽 마당 들마루는 삐거덕 삐거덕 관절 앓는 소리 내고
녹슨 대문은 북쪽 바람이
서러워 삐삐 울어대고 다들 어디로 갔을까

>
눈 어두운 나만
나만 여기 혼자 두고

생일

희끄무레한 방안 밥상이 덩그렇다 목단꽃 자수 놓인 모시 상보 날아갈 듯 둘러쓰고 개다리소반 사기 종지 김치는 꾸덕꾸덕 말라가고 양은 냄비 라면은 불어 터져 봉분 솟듯 솟아오르고

지나가던 저녁해 꽃무늬 커튼 새로 새우잠 든 여자 흘깃흘깃, 본 걸까, 못 본 걸까, 한쪽 구석 웅그려 있는 저기 못 봤다는 건가

어두컴컴한 방안 목단화는 붉게 붉게 타오르는데

늙은 나무

나는 노거수 그렁그렁 핀 꽃을 눈물꽃이라 부르겠네

지겟단 받쳐놓고 숨 고르던 칠성이 아재
혼을 부르던 곳도
무당이 짚북데기 인형 태워 소지올려 보내던 곳도
팥재 너머 가마 온다고 산까치 내려앉아 짖어내던 곳도

저렇게 붉은 달이 뜨면 꼭 무슨 사달이 나고 말 거라며
찬물 한 대접 올리던 곳도
저 늙은 회화나무였으니

가마득한 옛날 그늘 깊은 나뭇가지 걸터앉아 꿈인 듯 꿈
아닌 듯 옛날옛날 옛날에 영월댁 증손자 이야기책 읽는 소
리에 가만히 귀 기울이던

늙은 나무가 어룽어룽 세상 가장 슬픈 꽃피웠다

저 범람하는 눈물꽃 누가 나와 다 받아내리겠나

산이 오고 있다

해를 앞세우고 산이 오고 있다

종갓집 들어서는 집안 어른같이
마을 인사 나서는 장년같이
차례상 앞으로 다가앉는 공손한 자손같이

높은 산이 오고 있다

한 사람 뒤에 한 사람 또 한 사람

층층 고조할아버지 증조할아버지 할아버지 아버지 그리
고 끄트머리 내가
굽이굽이 둥근 능선을 그리며
수긋이 장엄하게
한 세계가 오고 있다

이글이글 타오르는 조선의 태양을 앞세우고
큰 사람이 오고 있다

3부

영등할망

적막한 해안 동백 키워 꽃문 활짝
열어젖히는 이도

찬비라도 내리면 꽃잎 속에 옹그려 한나절 또 한나절을
보내다
저린 발 내미는 이도

때로는 길을 잃고 전봇대 잉잉 우는소리로
어두운 밤 서성이는 이도

내가 아는 영등할망

새풀 우거진 산담에 올라 해가 설핏하도록 졸고 있는 이도
연둣빛 일렁이는 들판에 알싸한 냄새 방류하는 이도
돌아보면 어느새 고갯마루 너울너울 손 흔드는 이도

내가 잘 아는 영등할망

창문 흔들리고 노란 슬레이트 지붕 흔들리고
먹빛 바다 흔들리고
뭍으로 뭍으로 토악질하는 바다

\>
내일은 차귀도 배 나갈까
영등할망은 종려나무 정수리 올라
깃발 흔들어대고
물새 울어 하얀 깃발 찢어발기고

위험할 텐데 그 종려나무
우리 종려나무 아래 벼랑처럼 손잡았든가

그때 차귀도 바람 대단했지
우리 킥킥 웃으며 달빛 속으로 숨어들어
아득해져서는

– 소금기 배어나는 해안은 위험해

영등할망 영등할망
내 사랑 떠나가고 있네
조천 바다 흔들리고 포구 불빛 흔들리고
뇌수 흔들려 내 심장 덜컹덜컹

내 사랑 덜컹거리며 떠나가고 있네

흰 물새 떼 솟구쳐 오르는

하얀 깃발 백기백기 흔들며

내 마흔 서른 스물이 떠나가고 있네

물결 일어 당신과 나 사이
초록 뱀 불러들여 경작 든 이도
쥐똥나무 꽃살문 열어 환해장성 깃발 펄럭이는 이도

내가 아는 속눈썹 끝 영등할망은
동백 꽃잎 속으로 들어가 사람의 숨결을 짓고
사람의 신화를 짓고

– 구엄포구 그 어디쯤

내 부은 발 씻어주던
내 곁에 영등할망은

실핏줄 가닥가닥 흐르며
내 숨결 짓는 영등할망은

심연의 바다를 흔들어 파도와 새들의 신화를 짓고
포구에 흰 깃발 날려 백기백기

발목이 발갛게 부은 새들 불러들이고

그날 밤 우리 국경 허술했어도 노란 함석지붕 위
내리던 눈 싸락싸락
하염없는 싸락눈 사이 달빛 견고했지

그날 밤 파도가 우리 두 무릎 적셨든가
당신 숨소리 맥동성에 가닿았든가
당신 울퉁불퉁한 심장소리 와락 끌어안았든가

구엄포구 굽이쳐흐르던
우리 국경 결국 허물러졌든가

할망 할망
뜨신 이마에 젖은 손수건 올리며 나는
영등할망을 부르고

내 곁에 영등할망

할망요 할망요

할망은 언제 적 얘기 들고 와서

사라봉 절벽 아래 검은 바당 보이나요
모슬악 펄럭이는 붉은 깃발은요

할망요

가시덩굴 진창길 지나
섯알오름 언덕바지
애기달맞이 꽃 피었는가요 만뱅디
푸르스름한 달빛 아래
꽃잎 떨고 있는가요

샛노란 꽃잎들 아가들 울음소리라는 거

할망요 알고 있었나요

바람 잦은 길섶에
어린 꽃들 노란 숨결은요
들리나요 서슬 푸른 달빛 아래

울고 있는가요
애기달맞이꽃 노란 빛깔이 아가들 울음소리라는 거
할망요
할망은 진즉 알고 있었는가요

할망요

붉은 지슬밭 너머 언덕 너머 먹장구름 너머
무엇이 보이나요
바당 보이나요
먹먹한 바당 보이나요

달빛 차오르고 있는가요 사람들은요
갈옷 입은 사람들은요 서쪽 바다
달빛 속에 흰고래 보이나요
고래들 노랫소리 들리나요

언덕 너머 진구렁 너머 먹먹한 숨결 너머
붉은 바당 보이나요

– 할망요 꼭 잡으세요

>
검은 용머리해안 돌아 바람 몰아치는 사계도로
할망요 바람이 차요

보세요
작년 쑥부쟁이 길 잃고 바람에 떨고 있는 거

중산간 동백마을에 가면 사람은 보이지 않고
납작집 가스렌지 찻물 끓이는 소리
담을 넘는데요

할망요
동백 향기 맡아보셨나요
할망요
꼭 잡으세요

사납게 바람치는 섯알오름 내려와
서쪽으로 서쪽으로

내가 아는 영등할망은
내 무등 타고
내 무등을 타고

동백은 지고

당신은 막막한 바다를 보고 나는
당신 열두 자 깊은 눈빛을 보고 있네 당신은
쓸쓸한 바다의 맥을 짚고 나는
당신 울멍울멍한 고독을 살피네

동백은 지고 동백 지고
물새마저 흰 날개를 접은 삼양
검은 바다는 창백한 등대 불빛을 감추고
떨기나무 불온한 그림자를 감추고
벼랑 같은 고독을 감추고
아득해져서는
어찌해 볼 수 없도록
아득해져서는

나는 당신 불경한 맥을 짚고
당신은 내 아찔한 심장소리에 눈을 씻네

객지에서 내리는 비는

객지에서 비가 내리고 있다
비는 내려 푸른 함석지붕이 젖고
뒷골목 바람이 젖고
길 위를 흐르는 사물들이 젖고
저녁의 붉은 눈동자가 젖고

객지에서 비는 내려

바다가 축축하게 다 젖었다

객지에서 내리는 비는 하염없어

바다가 꼼짝없이 내 앞에서 다 젖고 있다

저 많은 비를 내 앞에서 신흥리 바다가 다 맞고 있다

그리고, 다시 또 비

번개 치고 천둥 구르고 큰바람이 한 번 지나갔을까

왕대 숲에 빗소리 골목 빗소리 장독대 빗소리 산줄기 빗소리 강 건너 빗소리 먼 곳 빗소리 가까이 빗소리 이렇게 멀고 가까운 이렇게 무겁고 가벼운

귀는 어느새 빗소리로 가득 차서 천리만리 밖까지 어둡고 환한

나는 언제 이 소릴 다 꺼내 말리나
이렇게 여리고 장대한
빗소리를

그 집 이층방

창밖 바람은 야자수 머리칼 헝클고

달빛은 산기슭 창문 두드리고

별들은 이층방 엿보고

하늘을 가리며 팔척장신 시커먼 한라 산 그림자는
내 쪽으로
내 쪽으로

나는 들킬 새라 뛰는 심장소릴
동백꽃 이불 속으로
꾸욱,
눌러보지만 자꾸만
삐져나오는 북소리

바람은 야자수 머리칼 헝클어놓고
별들은 들창문 구멍 숭숭 내고
달빛은 방안까지 쳐들어와

북소리는 둥둥둥

>

누가 머리맡 달빛 엎질러놓았나

이불은 발갛게 물이 들고

동백화는 비명처럼 피고

포구는 목선을 달고

설거지를 하다 손톱 거스러미를 뜯다
갈매나무 그늘 깊은 포구로
포구는 둘 다섯 스무 잎의 목선을 매달고

푸른 잎잎의 목선을 매달고

그대여 포구에 밤이 와 내 사랑 참으로 질기므로 나는
쥐똥나무포구를 떠나 달빛 찬
계수나무포구로

체기가 있어 엄지손가락 피를 내고
월령포구로 대평포구로

그대여 사랑이 찾아와
내 밤이 참으로 질기므로
기침을 하며 신창 바람 많은 포구로 민오름 쑥부쟁이포
구로

커튼을 내리다 찻물을 끓이다 시를 짓다
가을이 와서 노란 목선은 하나 둘 지고

가을 깊어 내 사랑 참으로 질기므로

그늘 얕은 백단나무포구로 불 꺼진 풀명자포구로

포구에 밤이 와서 목선이 한 잎 두 잎 지고
내 사랑 참으로 질기므로
나는 정처 없어라

북쪽 바다

저건 파도 소리가 아니라 바다의 숨결이니
가만가만 바다의 숨소리에 귀 기울여보자
고른지 거친지
높은지 낮은지
처얼썩 자르르
처얼썩 자르르

들숨날숨 숨소리가
미풍같이 부드럽구나
가만가만
발소리 죽여라
목소리 낮춰라

바다의 숨결이 거칠다
악몽을 꾸나보다
우르르쿵쿵
우르르쾅쾅

숨소리가 급하구나
저기 저 식은땀 보이지 않느냐
잠 깨워라
잠을 깨워라

\>
처얼썩 자르르
처얼썩 자르르

모포 자락 밟지 마라
고운 잠 깨실라
머리맡도 딛지 마라
악몽에 쫓기실라

가만가만

우리 엄마 잠 깨실라
우리 엄마 잠 깨실라

사월

하얀 돛배가 창밖에 정박 중이다 밖에 배가 저렇게 와 기다리고 있는 것은 내가 또 어딘가 아픈가보다 앓고 있는 동안 꽃병에 꽃은 시들어 시취 냄새 흥건하고 나는 어둑한 방 열쇠를 잃어버리고 하얀 벽장 속에 갇히고 말았다

그러면 나는 이 어둡고 깊은 벽장 속을 아니 나가도 되는지 아픈 나를 벽장 속에 두고 아니 나가도 되는 건지 어딘지도 모르는 먼 길 떠나지 않아도 당신 괜찮겠는지 그냥 벌레처럼 발라당 뒤집어 죽어도 아니 죽은 채 하얀 돛배 보내도 되는 건지

둥근 잠 속에서 잠 속으로 미끄러져내려 한참을 앓은 뒤 부스스 눈 떠보면 앞을 막아서는 저 무서운 패러독스를 당신은 기억하는지

불면

이불 속에서 나온 손이
어둠 속 마른 이마 거죽을 긁적거리고 있다
누구세요 나 아닌 내가
어둠 속에서 발가락을 긁작거리고 있다
누구세요 너 아닌 네가
어둠 속에서 몸을 뒤적거리고 있다
누구세요 그대 아닌 그대가
누구세요
누구세요
나도 너도 그대도 아닌 아무것도 아닌
풀잎 끝에 이슬이려나
바람결에 한숨이려나
한길에 개똥, 뱉어놓은 가래침 같은 것이려나
아무것도
아무것도 아닌
잠 못 드는 민주주의 개똥밭에 인권이려나
이것저것도 아니라 하니
안개 무덕무덕 쌓여덮는 십일월 그 언저리 이 땅이려나

혼새

　한밤중 누가 휘파람을 불고 있다 서쪽에서 삐— 동쪽에
서 삐—

　복사 꽃가지 새는 보이지 않고
　불 꺼진 창가 꽃잎은 날리는데

　누가 어둠을 하얗게 가르며 휘파람 불고 있다 북쪽에서
삐이— 남쪽에서 삐이—

　시냇가 버들피리 불어주던 종수아재 열일곱에 염색공단
염색공으로 올라가 주야 이 교대 한다던 아재가 달도 없는
이 밤에 버들피리 불고 있다 서쪽에서 북쪽에서 남쪽 동쪽
에서 삐—이 삐—이 버들피리 불고 있다

　물빛처럼 맑고 속이 다 내다보이는 소리
　엄마는 혼새라 했다

알아볼 수 있을까, 우리
— 그리하여 이십이억 년 후(딸에게)

오래된 타자기 앞에 앉아 타닥타닥
우리 이름을 지어가고 있는 밤

남반구 물고기자리는 자꾸 하늘가로
헤엄쳐가고 나는 아슬아슬하게 이십이억 년 후
우리의 이름을 지어가고 있습니다

고운재 마루 끝에 나앉아 바라보는
남쪽 바다 고깃배는 벌레 고물거리듯 고물고물
거기가 절벽인 줄도 모르고
하늘 끝으로 기어가고요

봄바람은 남반구 물고기자리로부터 불어와
우리 까닭 없이 뜨거워지고
가슴 덜컹거려 돌멩이 들춰보고요

어쩌면 이십이억 년 전쯤 내 한 부분이었던 단편이
내 아이의 한 조각이었던 일부가
남반구 물고기자리일지도 모른다는 생각에

  타닥타닥 이십이 광년 떨어진 거리에다 우리의 별자리를
짓고요

뒤뜰에는 청매 꽃잎 흩어져날리고요
물고기자리는 절벽 쪽으로 깜깜절벽 쪽으로

이십이억 년 후 그즈음에 낱낱이 흩어져
아무것이나 아무것도 아닌

우리 작은 입자들이 성간 구름으로 떠돌다
너는 내게로 나는 너에게로
우툴두툴 스며들어 남쪽 바다 물빛처럼
반짝이는 이름을 짓겠지요

우리의 또 다른 이름을

내 이름은 슬픈 담수화

비가 내리고 있다 푸른 모포 자락 적시며

객지에서 내리는 비는 슬픔으로 가득 차서
나를 통과하고 있다 몸은 물이 들어 축축하고
사십억 년 전 비가 내 몸을 통과하고 있다

내 몸은 파도 깊은 심해 나는 동성 오거리
인파 속으로 새벽 막창 골목으로
불 꺼진 역전으로 텅 빈 플랫폼으로

흑해 홍해 천지 간의 사해가 몸속으로 스며들어
또 하나의 이름을 짓듯 아득한
뒷골목을 빠져나온 비가 발목을 목덜미를 늑골을 적시며
나를 물들이고 있다
내 몸은 퍼렇게 물이 들고
시퍼렇게 물들어
파도치고 파도치는

사십오 억 년 전 비가 내 굽은 등골을 타고 휘돌아
회오리쳐 나가는, 수심 깊은 물이 콸콸콸
미끄러져내리고 있다 가닥가닥 실핏줄 속으로
눅눅한 늑골 사이로 후미진 영혼 속으로

퀄퀄퀄

내 몸은 출렁출렁 차오르는 담수화
목덜미 비의 지문이 화인처럼 박힌
슬픈 담수화

갈바람

　까만 생쥐 한 마리 총안에서 조르르 나와 가시덩굴 속으로 꼬리 감췄다 병사를 빠져나온 고양이 한무리가 쓰레기 소각장 속으로 쭐떡 미끄러져내렸다 콘크리트 망루 하얀 초승달이 얼굴을 감추고 뜨신 바람이 휘몰아쳤다 비가 내렸다 사나흘 비는 내려 철조망 아래 갯메꽃 발목이 발갛고 젖은 신발을 신고 눅눅한 해안선 따라 늙은 병사가 오고 있다

　낡은 배낭을 메고 굽이치는 해안선 따라 떠난 병사가 있었다 동에서 서로 서에서 동으로 남으로 북으로 흘러 흘러 떠도는 병사가 있었다 병사를 빠져나온 고양이 한무리 폐기물 소각장 속으로 주르르 미끄러져내렸다 그들의 생활은 그렇게 그렇게 흘러갔다

4부

삼월

아편처럼 가루약처럼 봄이 내리고 있다

나는 죽어서 살아있으므로

내 하늘을 덮으며
얼음 낀 강을 덮으며
굽이굽이 마비된 시간을 덮으며
내리고 있는

이 달콤한 몰약을 한 스푼
한 스푼 삼키고

중독처럼 눈이 맑아져

봄을 앓고 있다

밤기차

열한시 마지막 기차가 들어오고
푸른 가디건 여자가 내렸다

갯내를 담았는가 잡조름한 내
캐리어는 젖어 잘뚝잘뚝

골목은 벼랑 같은 목구멍을 내보이고
푸르스름한 가등 불빛은 구불구불

서른 여자가 골목으로 들어서자
덜컥,

가등불이 눈을 감고 별들이 서쪽으로
서쪽으로 내몰렸다

마흔 여자가 커다란 캐리어를 끌고 밤의
시커먼 목구멍을 빠져나오자
골목은 덜컥,
입 다물었다

입 다물어라
입을 다물어라

>
냄새가 구불구불 골목을 빠져나가기 전에
기차는 떠나고

밤 골목 캐리어는 절뚝절뚝

별들은 우루루

비릿한 냄새, 차라리 입 다물었으면 꿀꺽 삼켜버려라

비비새

죽은 비비새를 대문간 앵두나무 밑에
묻었다 나는 뜻도 없이
바쁘고 눈구멍 물이 차올랐다

이른 봄 조문객 몰려들듯 앵두나무 가지에
하얀 꽃들이 둘러앉았다

올해는 마른날보다 젖은 날이 많다
세상 비는 모두 앵두나무 아래로 몰려들고
앵두나무 하얀 꽃들은 비비비 울고

내 눈동자 속에서도 수시로 비비새가 울어
눈 속으로 비가 들이쳤다
밖에 물건을 함부로 집안에 들이는 게 아니었다

나는 수시로 아프고
뜻도 없이 눈구멍에 물이 흘렀다

누수

　대문이 삐거덕 삐거덕 울고 있다 뒤뜰 오동나무가 삐거덕 삐거덕 울고 있다 우는 오동나무 사이로 흘러내린 내 하늘이 울고 있다 삐거덕 삐거덕

　마당 풀벌레 소리가 웃자라 삐거덕 삐거덕 문고리에 걸어둔 내 두 귀가 삐거덕 삐거덕 식탁 꽃병에 마른 꽃잎이 삐거덕 삐거덕 불 꺼진 창문 서른 꽃무늬 이불이 삐거덕 삐거덕

　바람이 오동나무를 내 하늘을 두 귀를 서른 꽃무늬 이불을 울려놓고 온몸 들썩대며 삐-이-이 삐-이-이

　몸이 헐거워졌나

숨을 고르다

가을 풀벌레 소리가 무릎 아래로
아래로 헐거워져서는 느슨하다

툭툭 끊어지다가 이어지고
툭툭 끊어지다 이어지는
벌레소리가 귓속으로 파고들어

한밤중 마당에 나와보니

애달파라

저 나직한 말씀

이제 그 뜻 알아들을 수 있을 것도 같으니

꼭꼭 숨어라 머리카락 보일라

산머리를 지우며
달아나는 들판
주름 깊은 골목을 지우며

밤이 오고 있다

하늘을 지우며
대지를 지우며
영혼의 골짝을 지우며

날개 활활 펼쳐들고 밤이 오고 있으니

꼭꼭 숨어라 머리카락 보일라

나는 세상에 존재하나 보이지 않으므로

즐거워라!

활짝 펼쳐주던 외할머니 무명치마 속 같은

나, 온전히 서리 찬 가을이어라

조금 남은 햇살이 마당을 느릿느릿 지나가고 있네

그제는 동쪽 담 노란 국화꽃을 피워 보이더니 오늘은
푸른 가을 꽃나무가 있는 서쪽 담 쪽으로
갓난아기가 한 발 한 발
걸음마 떼는 속도로 가상하게
구순 눈 어두운 노모가 뜰로 내려서는 속도로
극진하게

자상도 하여라
손 한번 잡아줬을 뿐인데
머리 한번 쓰다듬어줬을 뿐인데

맥이 뜨거워지고 귓불이 발개지고

서쪽 꽃마저 피우고 나면

나, 온전히 서리 찬 가을이어라

명랑한 뒤안
— 女子들

꽃잎도 뒤안이라는 게 있다면
나는 그 뒤안을 사랑하겠어요

한 잎 한 잎 당신 붉은 뒤안을 뒤적이다 보면 증조할머니
가 있고 증조할머니의 증조할머니가 있고 증조할머니의 증
증……소리 없는 증조할머니들이 꽃잎처럼 날리고

뒤안은 멀어도 아까워
밤의 목구멍처럼 깊고 높아

염천 사루비아 자지러지게 피어오르고 뜨거운 앞마당 가
로질러 뒷마당으로 사라진 뱀, 할머니가 데려간 그 길다란
뱀이 뒤안서 가족 이뤄 살고 있을지도 몰라 증조모를 둔 증
조모의 증증…… 얼굴도 없는 증조모들이 흩날려덮는

밤의 목구멍 속으로 굴러떨어져 나는 대가족 꾸려 살고
있을지도 모를 당신 궁금해 눅눅한 뒤안을 한 잎 한 잎 들춰
봅니다

붉은 철책

푸른 가디건 여자가 들여다보고 있었어

창틀에 기대 보는 안은
붉은 철책이 둘러쳐 있고
연둣빛 버들가지 쏟아져내리고
봄 햇살이 잘그랑잘그랑
은빛 종소리 내고 있었어

종소리는 정원 관목 새로
키 큰 은사시나무 정수리로
한낮 포석 위로 번져
번져나가고

손 뻗어보지만 잡히는 건
오래전 두고 온 노랑머리 인형
속치마 레이스가 에나멜 구두를 덮는

안은 참으로 맑고 투명했어
깊고 어둡고 영원했어

가랑가랑 종소리 울리며 철책 안 풍경이
푸른 줄무늬 가디건 여자를 들여다보고 있었어

>
거긴 참으로 고요하고 순정했어

작은 연못

먼 옛날 물가에 한 여자애가 살고 있었네

오리나무 푸른 잎맥을 한가득 몸에 새긴 아이

아주 먼 옛집 바닷가에서 보았네

나는 깊은 해저 이끼 냄새였다 푸른 잎맥 돋친 나무였다
일렁이는 숲이었다 먼 하늘 떠도는 적운이었다 숲을 훑고
가는 찬비였다 굴뚝 높은 연기였다 흩어지는 바람이었다
후미진 골목 주막서 흘러나오는 노랫가락 질긴 노래였다
여관방 지독한 비누냄새였다 눈가 가파른 주름 속으로

미끄러져내리는 나는
나는 절름발이 시간이었다

밤마당

한밤중 문 열면 어둠이 쫑긋 귀 세운다

숲으로 드는 희끄무레한 밤길도
산기슭 고랑 물소리도
마른풀 귀뚜리도
몇 개의 붉은 감을 품고 있는 감나무도
광목 책 보따리처럼 널따란 오동나무 푸른 귀도
생울타리 부스럭대던 소리도
회화나뭇가지에 놀던 조각달도 모두

내 쪽으로 귀를 쫑긋 세운다

덜컥, 문 열어젖히는 적막 소리에 저들이
놀라지 않도록 나는
가만가만

아무것도 모르는 척
아무것도 못 본 척 그러나

속으로만 일일이 저들을 호명하며
밤마당을 한 바퀴 돈다

우리는 저마다의 기타줄

이렇게 아름다운 노래
이리 슬픈 노래 들어보셨나요

나는 당신의 기타줄
나는 당신의 악보

고개 들어 나를 퉁겨봐요

강물은 출렁출렁 춤추고
산맥은 넌출넌출 두 팔 흔들고

아침 햇살은 관목숲 조율공
바람은 공중에 조율사

나는 당신의 아름다운 기타줄
나는 당신의 슬픈 악보

나는 커튼 새로 스미는 달빛
나는 들창문을 두드리는 찬비

자 고개 들어 나를 퉁겨봐요

>
심장은 쿵덕쿵덕 춤추고
바람은 훨훨 두 팔 흔들고

나는 당신의 손끝에서만 울리는 기타줄
나는 당신 영혼을 훑고 가는 눈물 속에 악보

저 하늘의 별들도 잘그랑잘그랑
기타줄을 울리고 있는 걸요

우리는 저마다의 기타줄

고개 들어 우리의 기타줄을 울려봐요

이렇게 아름다운 노래
이리 신나고 슬픈 노래 들어보셨나요

우주의 율려律呂로 춤추는 살의 노래

장옥관 시인

우주의 율려律呂로 춤추는 살의 노래

장옥관 시인

1.

　인연이라는 게 분명히 있는 것 같다. 지금껏 시집 해설이나 발문을 거의 쓰지 않았다. 문학동네에서 나온 김희준 시집(『언니의 나라에선 누구도 시들지 않기 때문』 문학동네. 2020.)이 유일한 경우다. 시인과의 각별한 인연 때문에 기꺼이 발문을 자청한 것이다. 이번엔 '유학산'이 인연이 되었다. 발문 청탁이 왔을 때, 유학산 자락에 사는 시인[1]이라는 말에 두말없이 덜컥 승낙하고 말았다. 누대에 걸친 조상의 묘소가 자리 잡은 유학산은 내 삶에 떼려야 뗄 수 없는 존재다. 유년 시절 그 산을 마주보며 자랐고 성장해 얻은 직장이 그 너머였다. 죽어서 묻힐 장소도 그곳이다. 인근에 있는 인동이 내 본관이기도 하다. 일찍 부모를 여읜 내게 그 땅은 살붙이

---

[1] 2시집 첫머리에 시인은 "집을 한 채 지었다 산기슭에 그 집을 덩굴 숲이라 불렀다 그 안에서 나는 벌레가 되는 꿈을 꾸었다"라고 적어놓았다. 그 산기슭이 유학산이라고 한다.

같은 느낌을 준다. 내가 태어난 마을은 한미한 양반의 씨족 부락이어서 어린 시절부터 어른들의 감시망 속에 성장했다. 굳이 이런 말을 꺼내는 이유는 이순화 시 이해의 단초가 "뒷마당"이기 때문이다.

　이번 시집은 시인이 세 번째[2]로 펴내는 작품집인데, 특이한 점은 세 권의 시집이 모두 하나의 덩굴로 엮여 있다는 것이다. "덩굴 숲", "뒷마당", "뱀", "벌레", "장닭", "바람", "바다", "달", "우주", "춤" 같은 시어가 거듭 나오고, 시적 지향점도 크게 벗어나지 않는다. 첫 시집에「덩굴 숲 이야기」를 수록했는데 이번 시집에도「덩굴 숲」이 나온다. 그뿐만 아니라 시 구절도 거듭 쓰이는 경우가 허다하다. 2시집에 "저릿저릿/ 젖줄 도는 소리/ 하늘은 저렇게 많은 새끼들 먹이고도 남을 큰 젖통을 달고 있다"(「여름」)란 구절은 이번 시집에서 "애야 발바닥이 가렵구나/ 젖가슴이 저릿저릿 하는구나"(「덩굴 숲」)로 나타나고, 2시집의 "저놈의 장닭 구구구 마당을 구르는 천둥소리"(「한낮」)는 이번 시집에서 "저 놈의 장닭// 마당을 구르는 뇌성/ 구-구/ 지렁이 목덜미 물고 늘어지는"(「저 놈, 햇살이」) 구절로 변용된다.

　시집을 하나의 단위로 삼아 시 세계의 매듭을 짓는 게 통상적 경우다. 그런데 이순화의 경우, 첫 시집에서 가졌던 문제의식을 덩굴처럼 거듭 확장한다. 어쩌면 동어반복이나 자기 복제라는 지적을 받을 수 있겠지만, 이순화 시인의 경우는 달리 봐야 한다. 작품의 완결성이나 형식적 미학을 추구하기보다는 내면에 소용돌이치는 열정을 받아내는 도구로써 시를 생각하는 듯하다. 그 때문에 "당집을 나온 스물

---

2) 시인은 1시집『지나가지만 지나가지 않은 것들』(브로콜리숲, 2017.)과 2시집『그 해 봄밤 덩굴 숲으로 갔다』(지혜, 2021.)를 펴냈다.

둘 당고모"(「저건 필시」)의 주술적인 음성과 "나를 버려줘 참
혹하게/ 통쾌하게 손 놔줘"(「백이십억 년의 고독」)와 같은 날것
의 목소리가 튀어나온다. 회오리바람처럼 몰아치는 시인의
격렬한 언술을 따라가면 독자들은 저절로 시인의 몸이 되
어 텍스트에 동참할 수밖에 없다. 이러한 개성적인 면모를
깊이 살피기 위해서는 우선 "뒷마당"으로 들어가야 한다.

　2.

　첫 시집에서 이번 시집까지 이어지는 관심사는 뒷마당이
다. "하루의 낮이 앞마당이라면 하루의 밤은 뒷마당이라 이
름 짓겠다. 눅눅한 뒷마당이 궁금했다. 산수 좋아 절에 드
는 날에는 번듯한 대웅전을 두고 먼저 뒷마당부터 돌아가
살폈다. 그게 내 일과가 되었다." 이번 시집에 적힌 시인의
말이다. 시인에게 뒤안은 "증조할머니가 있고 증조할머니
의 증조할머니가 있고 증조할머니의 증증…… 소리 없는
증조할머니들이 꽃잎처럼 날리"(「명랑한 뒤안」)는 공간이다.
또한 그곳은 "염천 사루비아 자지러지게 피어오르고 뜨거
운 앞마당 가로질러 뒷마당으로 사라진 뱀, 할머니가 데려
간 그 길다란 뱀이 뒤안서 가족 이뤄 살고 있을지도" 모르는
공간이며 "증조모를 둔 증조모의 증증…… 얼굴도 없는 증
조모들이 흩날려덮는"(「같은 시」) 공간이다.
　햇빛이 주재하는 낮의 세계가 아버지의 법이 주관하는
이성의 영역이라면 달빛이 내리는 밤의 세계는 어머니의
본능이 들끓는 무의식적 공간이다. 시인은 이렇게 말한다.

해를 앞세우고 산이 오고 있다

종갓집 들어서는 집안 어른같이
마을 인사 나서는 장년같이
차례상 앞으로 다가앉는 공손한 자손같이

높은 산이 오고 있다

한 사람 뒤에 한 사람 또 한 사람

층층 고조할아버지 증조할아버지 할아버지 아버지 그리
고 끄트머리 내가
굽이굽이 둥근 능선을 그리며
수굿이 장엄하게
한 세계가 오고 있다
 ― 「산이 오고 있다」 부분

샤먼의 뜨거운 피를 가진 시인이 가부장적 체제가 강고한
삶의 질서를 어찌 쉽게 견딜 수 있었으랴. 지난 시집을 들춰
본다. "꼼작거리다/ 눈 떠 보니/ 나를 지켜보고 있는/ 이렇
게 큰 눈동자/ 내가 눈동자 속에 갇혀있다 …(중략)…멀리
산릉선/ 바람에 쓸리는 쓸쓸한 별자리까지/ 꼼짝없이 눈동
자 속에 갇혀 내 꿈도 둥둥 떠내려가고 있다/ 이렇게/ 이렇
게 큰 눈동자"(『그믐』)라는 구절이 나온다. 큰 눈동자는 곧 초
자아를 일컬을 테다.

먹구름은 먼 산 정수리 휘감아내리고 우렛소리는 일곱 살 내 뒤를 쫓아 열 스물 마흔 골짝으로 회초리 들고

무릎 아래 풀벌레 소리는 졸졸 하염없는

아버지 광막한 天網 속에서 날 꺼내주오

오늘은 뒤뜰로 돌아가 쑥부쟁이 묵은 꽃대를 자르고 오동나무 썩은 밑동 베어내고 장독대 호박덩굴 둘둘 말아 거두겠습니다

이제 길고 긴 어둠을 기다리나니 아버지 지붕 위 붉은 수탉은 쫓아주시고 옴짝달싹할 수 없는 이 광망한 시간 속에서 날 꺼내주오

긴 머리칼 하얀 손 차디찬 내 심장을 이 끝없는 천망 속에서 꺼내주오
　　—「아버지 망막한 천망天網 속에서 날 꺼내주오」 전문

시인은 "뒤뜰로 돌아가 쑥부쟁이 묵은 꽃대를 자르고 오동나무 썩은 밑동 베어내고 장독대 호박덩굴 둘둘 말아 거두"어 드릴 테니 "지붕 위 붉은 수탉"을 쫓아주고 "옴짝달싹할 수 없는 이 광막한 시간 속에" 갇힌 자신을 꺼내달라고 주문한다. 아버지의 법이 지배하는 천망에 갇힌 "긴 머리칼 하얀 손 차디찬 내 심장을" 꺼내달라는 것이다.

이 낮의 세계를 견딜 수 없어 시인은 "마침내 둥근 방을 버리고 집을 나"온다. 하지만 밤의 공간인 뒷마당은 "가시 덩굴이 칭칭 감고" 검은 구멍을 빠져나온 구렁이가 유혹한다. 그럼에도 시인은 "안녕이라는 인사도 없이" "둥근 방"을 탈출한다. 그리하여 "평화를 두고 송곳으로 두꺼운 살갗을 후벼파는 고통은 황홀했다"(「인형의 집을 나와서」)[3]고 말한다. 그것은 "영혼의 뒷마당으로" 들어가는 일이다.

> 골담초가 노랗게 익어가는 잎새달
> 엄마는 드디어 문을 닫아걸었고
>
> 영혼의 뒷마당으로 들어서는 문을 알아낸 거야
> 사월이 노랗게 익어가는
> 내 늑골 속 비비새는
> 비비 비비 울고
> ─「뒷마당」부분

"영혼의 뒷마당으로 들어서는 문을 알아낸" 엄마는 시인이면서 또한 할머니. 누대에 걸쳐 아버지의 법에 지배당했던 뒷마당에 젖줄을 댄 여성들이다. 곧 에로스적 본능을 스스로 억제하고 자유를 저당 잡힌 영혼들이다.

> 연신 허리 구부리며 할머니는 두 번째 남자 꾀 내듯
> 휘파람 쉬쉬 불었고
> 할머니 동그랗게 오므린 입 구멍이 뱀 구멍처럼 깊고 캄

---

3) 2시집 20쪽.

칶해서

엄마는 공손하게 입 막고 웃었다

(중략)

대낮이었다 한밤중에 휘파람 불면 뱀이 몰려든다며

할머니는 나를 돌아봤다 눈구멍이

회반죽 욱여넣은 것처럼 냉엄했다

　　　　—「여름 마당 – 늙은 여자」 부분

　"뒷마당"은 본능적 무의식의 공간인데, 그곳에선 "입 구멍이 뱀 구멍처럼 깊고 캄캄"하지만, "가시덩굴 칭칭 감고"도 꽃을 피우려는 욕망을 꺾을 수 없다. 거기에서 "꽃망울 벙글어/ 피톨 미쳐 날뛰는 소리"를 듣는다. 또한 "몸에 퍼런 물" 흘러 "덩굴 숲 우거지"고 "울컥, 헛구역질 시퍼런 달빛 쏟아"(「덩굴 숲」)낸다. 아버지가 "불길하다며 도끼 들고 백일홍 꽃그늘 찍어내"자 "꽃그늘 없는 뒷마당은 비명처럼 넓어"졌다. 하지만 "엄마는 매일같이 가시를 낳았고 가시는/ 무럭무럭 자랐다/ 아름다운 가시/ 엄마는 가시를 끌어안고 손톱 깊이/ 밀어 넣었다 마침내// 뒷마당은 영원한 밤으로 우거졌고/ 축축하게 젖은 가시덩굴 속에서 나는/ 휘파람 쉬쉬 불렀다"(「여름 마당 – 휘파람 소리」)고 말한다.

　　3.

　관능이 넘쳐나는 뒷마당의 덩굴 숲에서 시인은 고통과 더불어 황홀을 경험하지만 초자아인 "큰 눈동자"의 손아귀를

쉽사리 벗어날 수가 없다. 무의식적 본능은 상징적 아버지
의 폭력에도 불구하고 쉽게 포기할 수 없다.

> 축축한 뒤뜰 뱀 구멍 건드리는 게 아니었어
> 못 볼 걸 본 거지
> 당신 휘파람 불며 푸른 장화를 신고
> 소리쟁이 풀을 한 아름씩 베어내고
> 악머구리 끓듯 퍼런 냄새가 뒤뜰을 뒤덮었지
>
> 뒤뜰은 터질 듯 터질 듯 배가 불거져서
>
> 못 볼 걸 본 거야
>
> 누가 자꾸 내 발목 칭칭 감는 거야
>
> 바람도 없는데 시퍼런 바람이 바람은 갓 태어났을 때는
> 연둣빛이랬어 반짝반짝 빛나는, 어른 돼 퍼렇게 독 오른 거
> 라고 당신 푸른 장화 시퍼렇게 풀독 오른 것처럼 그렇다고
> 파충류라고는 생각하지 않아
>
> 바람이 파충류라니
>
> 뒤뜰을 돌아 나오는 바람 소리
> 우물 옆에서 처마 밑에서 창살에
> 어리는 저 서늘한 소리
> ─「소리쟁이 풀꽃」부분

푸른 장화를 신은 당신은 휘파람 불며 "소리쟁이 풀을 한 아름씩 베어내고" 뒤뜰에는 "악머구리 끓듯 퍼런 냄새가" 뒤덮는다. 이 시에서 주목되는 것은 시각과 청각, 후각과 촉각이 뒤범벅된 공감각적 이미지. 근접 감각의 이미지가 강렬한 느낌을 전해준다. 놀라운 건 바람을 파충류로 인식하는 점. 시인은 자신의 발목을 칭칭 감는 파충류가 바람이라고 말한다. 뱀을 징그러운 존재가 아니라 "사람의 숨결을"(『영등할망 – 소금기 배어나는 해안은 위험해』) 담은 생명의 존재로 여긴다. 뱀에 대한 양가적 감정을 우리는 서정주의 「화사花蛇」에서 이미 보았다. 미당의 「화사」에는 대상과 주체가 떨어져 있지만 이순화의 "뱀"은 주체와 한층 밀착되어 있다. 낮과 밤, 꽃과 뱀의 양가적 요소를 하나로 잇는 것은 산기슭에 지은 덩굴 숲에 숨어들어 한 마리 벌레가 되는 꿈을 꾸는 일. 벌레가 된다는 건 "새로 태어나는" 일이다. "밤마다 손톱을 깎"아 하얀 종이 위에 올려놓으면 "손톱이 애벌레처럼 꼬물거리고// 새로 태어나는 거"(『아무렇지 않게 아무렇게』)[4]라고 말한다.

새로 태어난 시인은 내면의 불덩어리를 식히기 위해 "영등할망"을 어깨에 앉히고 "해명海鳴 우는 바다의 캄캄한 목구멍 속"을 걷는다. "중세의 목구멍 속"을 지나 "망자들이 깨어나는 시간"을 걸어 "여관방 까무룩한 전등불 아래/ 불길한 해명을 베고 누워"(『붉은 달』) 밤의 서늘한 심장에 매달아 놓은 불덩일 바라본다. "천 개의 태양이 뜬 밤"에 남자들이 "뿔뿔이 흩어져 소식 없"어 "꽃들은 하루가 멀게 하혈하고" "어두운 바다 끓고 있는 수프 속에는 무뇌증 아가들이

---

4) 1시집 『지나가지만 지나가지 않은 것들』 12–13쪽.

동동" 떠 있다. 그때 비로소 "고아가 되어" 자유를 얻는다. 그래서 "나를 버려줘 참혹하게/ 통쾌하게 손 놔줘"(『백이십억 년의 고독』)라고 외친다.

　이 같은 역설적 발상은 "어디로 가나 푹푹 빠져드는" 밤 의 어둠에 "달을 매어놓고" 가시를 키우는 일로 이어진다. "가시를 키우는 일은 불경하고 황홀한 일"이며 그것은 "차 가운 심장에 알전구를 켜"는 일이다. "어둠으로 이어진 이 런 벼랑 같은 밤"에 "붉은 가시를 깊이/ 더 깊이 밀어 넣"으 면 "불결하게 순결하게 더없이 황홀하게" "붉은 알전구를" 켠다. "정맥 속에는 검은 물이 굽이쳐 흐르고/ 뇌수는 검은 물로 출렁거리고/ 검은 달 아래 헛구역질"하는 밤을 견뎌 새벽을 맞이하면, "순결하게 황홀하게 서럽고 통쾌하게" (『검은 새가 그 광경을 내려다보고 있었다』) 예쁜 가시를 낳을 거라 고 말한다. 부정적 이미지인 뱀을 긍정적 바람으로 바꾸듯 이 가시를 긍정적 존재로 바꾸는 전도된 상상이다.

　산기슭의 덩굴 숲에서 하루라도 밤하늘을 보지 못하면 잠 을 이룰 수 없다는 시인. 칼 세이건의 『코스모스』를 즐겨 읽 는다는 시인은 밤마다 대우주의 공간에 자신을 펼쳐놓는 다. 그때 우주에서 불어오는 바람을 온몸으로 느낀다. 파 도와 바람과 별, 대자연과 내면의 열정이 어우러져 자유롭 게 흘러나오는 춤사위가 그것이다. 그럴 때 시인은 "명랑한 뒤안"에서 "쓸쓸하다는 말 대신에/ 사랑한다는 말 대신에" (『우리 춤춰요』)[5] 춤을 추자고 권유한다. 상상해본다, 유학산 자락에 지어놓은 "덩굴 숲"에서 매일 밤 대우주의 회전무回 轉舞에 맞춰 맨발로 춤추는 아프로디테. "큰 눈동자"의 속박

───────────

5) 2시집 『그해 봄밤 덩굴 숲으로 갔다』 12–13쪽.

에서 벗어난 "뒷마당"의 검은 밤, 차가운 심장에 잉걸불을 지피고 황홀하게 아프게 추는 춤. 타오르는 불꽃 한 자락으로 하늘에 닿으려는 몸짓, 우주의 율려로 춤추는 살의 노래를 듣는다.

이렇게 아름다운 노래
이리 슬픈 노래 들어보셨나요

나는 당신의 기타줄
나는 당신의 악보

고개 들어 나를 퉁겨봐요

강물은 출렁출렁 춤추고
산맥은 넌출넌출 두 팔 흔들고

아침 햇살은 관목숲 조율공
바람은 공중에 조율사

나는 당신의 아름다운 기타줄
나는 당신의 슬픈 악보

나는 커튼 새로 스미는 달빛
나는 들창문을 두드리는 찬비

자 고개 들어 나를 퉁겨봐요

심장은 쿵덕쿵덕 춤추고
바람은 훨훨 두 팔 흔들고

나는 당신의 손끝에서만 울리는 기타줄
나는 당신 영혼을 훑고 가는 눈물 속에 악보

저 하늘의 별들도 잘그랑잘그랑
기타줄을 울리고 있는 걸요

우리는 저마다의 기타줄

고개 들어 우리의 기타줄을 울려봐요

이렇게 아름다운 노래
이리 신나고 슬픈 노래 들어보셨나요
— 「우리는 저마다의 기타줄」 전문

이순화

이순화 시인은 경북 상주에서 태어났다. 농부의 딸로 벽지에서 유년을 보내다 도시로 이주. 녹색을 그리워하며 지금은 칠곡 유학산 기슭 푸르름에 둘러싸여 생활하고 있다. 급변하는 기후에 어쩌면 그 색 잃어버릴지도 몰라 흙을 일구어 나무를 심고, 시를 짓고, 파종을 하며 나날을 보내고 있다.

시인은 글쓰기에 뜻을 두고 대학에서 국문학을 전공하여 시 전문지『애지』로 등단하였다. 시집으로『지나가지만 지나가지 않은 것들』과『그해 봄밤 덩굴 숲으로 갔다』가 있다.

이순화 시집『우리는 저마다의 기타줄』은 그의 세 번째 시집이며, 장옥관 시인의 말대로, 그는 "쓸쓸하다는 말 대신에/ 사랑한다는 말 대신에"(『우리 춤춰요』) 춤을 추자고 권유한다. "유학산 자락에 지어놓은 "덩굴 숲"에서 매일 밤 대우주의 회전무回轉舞에 맞춰 맨발로 춤추는 아프로디테. "큰 눈동자"의 속박에서 벗어난 "뒷마당"의 검은 밤, 차가운 심장에 잉걸불을 지피고 황홀하게 아프게 추는 춤. 타오르는 불꽃 한 자락으로 하늘에 닿으려는 몸짓, 우주의 율려로 춤추는 살의 노래를 듣는다.

이메일 01198571093@hanmail.net

이순화 시집

우리는 저마다의 기타줄

발　　행　　2024년 11월 25일
지 은 이　　이순화
펴 낸 이　　반송림
편집디자인　반송림
펴 낸 곳　　도서출판 지혜, 계간시전문지 애지
기획위원　　반경환
주　　소　　34624 대전광역시 동구 태전로 57, 2층 도서출판 지혜
전　　화　　042-625-1140
팩　　스　　042-627-1140
전자우편　　eji@ji-hye.com
　　　　　　ejisarang@hanmail.net
애지카페　　cafe.daum.net/ejiliterature

ISBN　　　979-11-5728-559-4　03810
값　　　　　10,000원

* 이 책은 한국예술인복지재단 창작지원금을 받아 발간되었습니다.